# 孙子兵法

第十四册

上海人民美術出版社
浙江人民美术出版社

# 目 录

## 势 篇 · 第十四册

# 势　篇

## 原文

孙子曰：凡治众如治寡，分数是也；斗众如斗寡，形名是也；三军之众，可使毕受敌而无败者，奇正是也。兵之所加，如以碫投卵者，虚实是也。

凡战者，以正合，以奇胜。故善出奇者，无穷如天地，不竭如江河。终而复始，日月是也。死而复生，四时是也。声不过五，五声之变，不可胜听也。色不过五，五色之变，不可胜观也。味不过五，五味之变，不可胜尝也。战势不过奇正，奇正之变，不可胜穷也。奇正相生，如环之无端，孰能穷之？

激水之疾，至于漂石者，势也；鸷鸟之击，至于毁折者，节也。是故善战者，其势险，其节短。势如彍弩，节如发机。

纷纷纭纭，斗乱而不可乱也；浑浑沌沌，形圆而不可败也。乱生于治，怯生于勇，弱生于强。治乱，数也；勇怯，势也；强弱，形也。故善动敌者：形之，敌必从之；予之，敌必取之。以此动之，以卒待之。

故善战者，求之于势，不责于人，故能择人而任势。任势者，其战人也，如转木石；木石之性：安则静，危则动，方则止，圆则行。故善战人之势，如转圆石于千仞之山者，势也。

## 译文

孙子说：管理大部队如同管理小部队一样，这是属于军队的组织编制问题；指挥大部队如同指挥小部队一样，这是属于指挥号令的问题；统率全军能够在它一旦遭受敌人的进攻时而不会失败，这是“奇正”的战术变化问题；军队打击敌人如同以石击卵一样，这是“避实就虚”的正确运用问题。

一般作战都是用“正”兵当敌，用“奇”兵取胜。所以善于出奇制胜的将帅，其战法变化就像天地那样不可穷尽，像江河那样不会枯竭。终而复始，如同日月的运行；去而又来，就像四季的更迭。乐音不过五个音阶，可是五音的变化，就听不胜听；颜色不过五种色素，可是五色的变化，就看不胜看；滋味不过五样味道，可是五味的变化，就尝不胜尝；战术不过“奇”“正”，可是“奇”“正”的变化，就无穷无尽。“奇”“正”相互转化，就像圆环旋绕不绝，无始无终，谁能穷尽它呢?

湍急的流水飞快地奔泻，以致能漂移石头，这就是流速飞快的“势”；雄鹰迅飞搏击，以致能捕杀雀鸟，这就是短促急迫的“节”。所以善于指挥作战的人，他所造成的态势是险峻的，发出的节奏是短促的。险峻的态势就像张满的弯弓，短促的节奏就像击发弩机。

旌旗纷纷，人马纭纭，要在混乱中作战而使军队不乱；浑浑沌沌，迷迷蒙蒙，要周到部署、保持态势而不会被打败。示敌混乱，是由于有严整的组织；示敌怯懦，是由于有勇敢的素质；示敌弱小，是由于有强大的兵力。严整与混乱，是由组织编制好坏决定的；勇敢与怯懦，是由态势优劣造成的；强大与弱小，是由实力大小对比显现的。善于调动敌人的将帅，伪装假象迷惑敌人，敌人就会听从调动；用小利引诱敌人，敌人就会来夺取。用这样的办法去调动敌人，用重兵来伺机掩击它。

善于作战的人，总是设法造成有利的态势，而不苛求部属，所以他能选择人才去利用和创造有利的态势。善于创造有利态势的将帅指挥部队作战，就像滚动木头、石头一般。木头、石头的特性，放在安稳平坦的地方就静止，放在险陡倾斜的地方就滚动；方的容易静止，圆的滚动灵活。所以，善于指挥作战的人所造成的有利态势，就像转动圆石从万丈高山上滚下来那样。这就是所谓“势”！

# 内容提要

孙子在本篇中主要论述了在强大的军事实力的基础上，发挥将帅的杰出作战指挥才能，积极创造和运用有利的作战态势，出奇制胜地打击敌人。

所谓“势”，孙子认为就是兵势，也即战争指导者根据一定的作战意图，正确地变换战术和灵活地部署使用兵力所造成的有利作战的态势。孙子指出，在对敌作战中，无论是进攻还是防御，都必须妥善解决战术变换和兵力使用上的“奇正”运用问题，他说：“战势不过奇正。”用兵打仗应该做到“以正合，以奇胜”。

同时，“奇正”关系又是虚实莫测，变化无端的。如战术运用上的正面交锋与翼侧攻击；兵力使用上的正兵当敌与奇兵制胜；作战指挥上的“常法”与“变法”的交替使用。所有这一切，唯有高明的将帅才能根据战场情势而灵活把握。为此，孙子强调“任势”，要求军队以迅雷不及掩耳之势（“势险”），近距离捕捉战机，予敌以毁灭性的打击（“节短”）。孙子进而指出了“任势”的主要手段：

“示形”和“动敌”。即通过伪装和欺骗，调动敌人，实施机动，从而达到出奇制胜的目的。孙子的“势”论，充满着朴素辩证精神，在军事哲学上也具有珍贵的价值。

孙 子 兵 法

SUN ZI BING FA

战 例

# 吴璘奇兵胜呼珊

编文：江　涓

绘画：梁平波

**原　文**　三军之众，可使毕受敌而无败者，奇正是也。

**译　文**　统率全军能够在它一旦遭受敌人的进攻时而不会失败，这是“奇正”的战术变化问题。

1. 南宋高宗绍兴十年（公元 1141 年）八月，金国派统军呼珊与迪布禄合军五万余，进攻宋朝西部边境，屯兵刘家圈（今甘肃天水东北）。

2. 川陕宣抚副使胡世将急召右护军都统制吴璘、川陕宣抚司都统制杨政、枢密院都统制郭浩，商议对策。吴璘表示，如拨给他精兵三万，即可击败金兵。

3. 胡世将问吴璘采用什么方法克敌制胜，吴璘答道："用新操练的叠阵法迎战，如不成功，愿以死报国。"

4．叠阵法是用骑兵为两翼列阵于前，后面依次排列长枪队、强弓队、强弩队，布局严整，作战时互相配合，一战再战，使敌方无喘息还手之机。

5. 于是，胡世将拨给吴璘两万八千精兵，迎击金兵；另又派杨政出兵和尚原（今陕西宝鸡西南），郭浩出兵商州（今陕西秦岭山脉以南），作为声援。

6. 吴璘引兵到秦州（今甘肃天水）城下，杨政也率部当夜进入陇州地界，与金兵摆开对垒之势。

7. 金将呼珊善战，迪布禄善谋，两人老于用兵，早已占据有利地形，布防自固。他们自恃前有高山峻岭作屏，后有腊家城（在刘家圈北）为护，以为宋军不敢轻易进攻。

8. 吴璘召集众将领共商攻取计策。部将姚仲说：“抢占高原则胜，待于平原则败。”吴璘认为正确，但众将多有异议，吴璘说：“大家所以不同此议，无非是害怕劳苦，若让敌乘势而下，我军必败。”众将称是。

9. 吴璘勘察了一番周围地形后，派兵通知敌军“明日请战”。

10. 当即，吴璘就命令姚仲、王彦两将，在当天夜半悄悄占据山上高地，然后发火为号，袭击敌寨。

11. 又派部将张士廉等率军从小路控制腊家城。吴璘告诫说：“敌人的根本在那里，若敌败必趋入城，你等阻截金军，不要让一骑入城。”

12. 呼珊与迪布禄接到战表，哈哈大笑，认为自己地形有利，宋军明日来战，无异以卵击石，自取灭亡，当夜毫无戒备。

13. 姚仲、王彦受命后，率军含枚夜行。当时适遇大雾，宋军出其不意地占领了山间高地，列栅完毕后，点起无数火把，把整个山头照得通红。

14. 金兵见岭上一片火光,仓促出营应战。这时,宋军已经展开,呐喊阵阵,战鼓震天。金帅呼珊与迪布禄赶忙上马,不时用马鞭敲着马镫在原地打转,惊呼:“这回我们一定要败了。”

15. 吴璘考虑到迪布禄有谋，必然算定宋军意在速战而不肯轻易出动，呼珊恃其百战百胜不会同意迪布禄的意见，定会出战，于是，正面先派出少数兵马挑战，以引敌出兵。

16. 呼珊果然中计出战，吴璘指挥部队用叠阵法迎战，战斗十分激烈。

17. 激战中有大将向吴璘报告说：“敌居高临下，我战地不利，宜稍退至平旷之地再战，这样可以取胜。”吴璘斥责道：“我军一退，敌人就胜了，现在敌军已经开始溃败，决不能自怯。”

18. 宋军骑兵、步兵、长枪、弓弩密切配合，殊死奋战，如阵阵海浪压向金兵。岭上的宋军也居高袭其后，金兵前后受攻，终于溃败。

19. 宋军斩敌六百三十人，生擒七百人。呼珊方知吴璘的厉害，领着残兵向腊家城方向奔逃。

20. 宋军一路追杀，又俘虏敌兵数千，迫降万余。但是，张士廉部未能及时赶到腊家城阻截，致使两名敌军主帅逃入城内。

21. 宋军将腊家城团团围住，日夜攻打，城内金兵十分恐慌，腊家城指日可下。

22. 这时朝廷急传诏命，令吴璘班师。吴璘以时奇、兵奇，以寡胜众，如不班师，还可以取得更大胜利，现在诏命如此，只有浩叹而已。

战例

# 朱棣趁虚捣金陵

编文：林洁莲

绘画：范生福

**原　文**　兵之所加，如以碫投卵者，虚实是也。

**译　文**　军队打击敌人如同以石击卵一样，这是“避实就虚”的正确运用问题。

1. 明洪武三十一年（公元 1398 年），太祖朱元璋病死，皇太孙朱允炆即位，第二年改年号为建文。当年被太祖分封到各地的亲王各拥重兵，危及朝廷，朱允炆采用兵部尚书齐泰、太常卿黄子澄的计策，“削夺诸藩”。

2. 此后，在半年之内，有五名亲王相继被废。燕王朱棣早存戒心，眼见诸藩被害，遂用“讨伐奸佞齐泰、黄子澄，以清君侧”的名义，于建文元年（公元 1399 年）七月誓师起兵，号称“靖难军”，反抗朝廷。

3. 朱棣率领燕军先后挫败明朝两任官军统帅——耿炳文和李景隆，兵锋指向济南。朱棣以为趁着胜势，济南也将唾手可得，岂知济南城在山东参政铁铉和将军盛庸的多方防守下，久攻不克。

4. 燕军攻城三月有余，师老无功。朱棣打算撤军回北平暂作休整，没料到疲劳不堪的济南守军居然还出城追击，就这么一大意，便吃了大亏，被迫仓皇北退。

5. 建文二年十二月，燕军与明朝官军在东昌（今山东聊城）又发生了一次较大战事。燕王朱棣中伏被围，幸被部将朱能救出，但主将张玉却不幸阵亡。

6. 东昌一役，燕军损失有两三万。朱棣悲痛不已，只好再次奔还北平。同时令人整治军马，搜罗人员，准备来年再举。

7. 建文三年，燕军再次南下，与明朝官军交战。双方各有战守，互有胜负。但燕军总感兵力不足，不像官军那样可以发文到各处征调。

8. “靖难军”如此作战相继三年，朱棣常常身先士卒，亲冒矢石，多次遇到危险，而所攻占的城邑，撤军后又被官军夺去。直到如今，还只占据北平、保定、永平三府。朱棣深感此非长久之计。

9. 这时，正巧有被明廷贬官的人来投靠朱棣，说:“金陵（南京、明都城）空虚，可乘机夺取。”于是朱棣决心直捣金陵。

10. 建文三年十二月，朱棣率师出北平，绕过铁铉防守的济南等地，专拣官军设防不严的地方进军。

11. 燕兵转战南下，至建文四年五月，连陷长江以北的重镇扬州、高邮、通（今南通）、泰（今泰州）、仪真（今仪征），集结战船，准备南渡长江。

12. 六月，燕军把掳获的大小船只在北岸一字排开，满载兵士，誓师南渡。一时旗帜翻空，戈矛耀日，号角频吹，金鼓齐鸣。

13. 南岸守军望见燕军阵势，惊愕异常。燕军先锋一冲，守军顿时四下溃散。镇江守将童俊见状，也立即开门投降。

14. 镇江失守，金陵告危，朱允炆不知所措。朝中文武大臣大都心怀异志，或想外逃，或想出降，言不由衷地议论一番，毫无结果。

15. 侍讲学士方孝孺请求坚守京城以待救援。朱允炆采纳他的建议，下令拆毁城外的所有建筑，让军民将木料全部运入城内，使燕军无所依据，难以久战。时值酷暑，运木军民饥渴劳苦，死者不知其数。

16. 城外百姓忍受不了运木之苦，索性点起火来把房子烧掉。大火熊熊，竟先后把西南、东北城角的城墙烧塌。于是士兵又驱赶百姓昼夜修补。

17. 方孝孺又给朱允炆献策，假意派曹国公李景隆等去朱棣的驻地求和，敷衍一时，以待援军。朱允炆也同意了。

18. 李景隆是朱棣手下败将，战战兢兢地说出割地求和之意。不料话未说完，即被朱棣戳穿了把戏。李景隆临行，朱棣交与他一张“奸臣”名单，如若建文帝能将名单上所列“奸臣”解赴大营，朱棣表示立即谢罪归师。

19. 李景隆眼睛一扫，只见密密麻麻的名单中赫然写着“李景隆”三个字，当下也顾不得细看，匆忙揣入怀内告退。朱棣也正担心各地援兵到来，李景隆一走，马上指挥水陆大军向金陵进发。

20. 朱棣率领燕兵到了金陵城下，还未发起进攻，便有人向朱棣报告，防守金川门的李景隆已打开城门迎接燕军入城了。朱棣闻报一笑，知道李景隆是想立功赎罪。

21. 朱棣从金川门入城,登上金川城楼。其他各门守军听说燕军已经入城,便也放下了武器。朝中一些文武官员听到消息，纷纷投降燕王。

22. 这时，皇宫火起，建文帝朱允炆下落不明。建文四年六月，朱棣在群臣的“劝进”下，终于当上了明朝皇帝，他就是明成祖。

战例

# 秦王正合奇胜战长平

编文：翟蜀成

绘画：叶　雄 夏　草
　　　翚　旻 轼　穗

**原　文**　凡战者，以正合，以奇胜。

**译　文**　一般作战都是用“正”兵当敌，用“奇”兵取胜。

1. 秦昭王为了完成霸业，采用谋士范雎提出的“远交近攻”的策略，南和楚，东服魏，然后于周赧王五十年（公元前 265 年），大举兴师，进攻离秦最近的韩国。

2. 周赧王五十三年（公元前262年），秦军将韩国拦腰截成两段，彻底切断了韩国北部上党郡与本土的联系。

3. 韩桓惠王异常恐惧，派使臣入秦，愿献上党郡以求和。

4. 上党郡位于韩、赵、魏三国交界地区。韩国上党郡守冯亭为了把秦国的进攻矛头转向赵国，就派人告诉赵王，他愿将上党献给赵国，请赵王发兵去占领上党郡的十七个城邑。

5. 赵王与平阳君赵豹、平原君赵胜商议。赵豹反对说："这是韩氏嫁祸于赵，不能去接受。"赵胜却说："如此轻易地得到上党郡十七个城邑，机不可失。"赵王意决，派平原君前往受城。

6. 韩已将上党献给了秦，没料到赵竟然虎口夺食。秦昭王闻讯大怒。范雎对他说："您所以未完成霸业，就是因为还有赵国没屈服，应乘此有利时机出兵攻占上党，继而东进，大举攻赵……"

7. 秦昭王采纳了范雎的意见，命左庶长王龁率领秦军进攻上党。上党的赵军因兵力薄弱，抵挡不住秦军的凶猛攻势，退守长平（今山西高平西北）。

8. 赵王得知秦军东进，当即召来老将廉颇，委派他率军到长平前线，抵抗秦军。

9. 周赧王五十五年（公元前 260 年）四月，廉颇带领援军抵达长平，即与秦军的前锋部队遭遇。赵军初战失利，副将茄战死。六月，赵的两个城堡失守，四个都尉被杀。

10. 赵王闻报后，准备亲赴前线决战。大夫楼昌认为这样做无济于事，建议赵王派地位重要的大臣赴秦求和。

11. 上卿虞卿则认为，赵国单凭遣使求和，是不可能的，应该先派使臣携带重宝联络楚、魏，使秦国害怕天下诸侯合纵对抗自己，这样，议和才能成功。

12. 赵王不听虞卿之谋，即派显贵大臣郑朱赴秦求和，秦王故意用隆重礼节接待郑朱，并大肆张扬秦、赵已经和解，而暗中却又加紧做好攻赵的准备。

13. 秦、赵媾和的消息传播以后，赵国不知底里，以为和议将成，懈怠了赵军的作战意志；楚、魏等国以为秦、赵媾和，打消了合纵救赵的意图。秦国排除了诸侯合纵的危机，就大胆放手地进攻赵国。

14. 媾和不久，秦军又在长平以南数次攻赵，赵军屡次失利，两个都尉被杀。

15. 秦军继续进攻赵军，至七月，攻占赵军西垒壁（今山西高平北）。

16. 考虑到秦强赵弱，赵军又数战不利，廉颇转而下令改取守势，依靠有利地形，筑垒固守，坚壁不出，试图以逸待劳，疲惫秦军。

17. 两军相持四个多月，秦将王龁想尽各种办法挑战，廉颇就是坚守不出。王龁不得与战，只好派人报告秦王。

18. 秦王召见范雎商议。范雎说:“廉颇老将,久经阵战,深谙用兵之道。看来,要想战胜赵军,单凭正面军事进攻是不够的。”

19. 秦昭王接口问道："你的意思是——"范雎说："另设奇谋除掉廉颇。"

20. 范雎接着把如何使用反间之计与秦昭王细述一番。秦昭王点头称妙。

21. 秦昭王拨出大笔金银财宝交给范雎。范雎的门客携带重金到赵国上下活动，散布谣言说："秦国最怕的是马服君赵奢的儿子赵括当将军。廉颇老了，好对付，要不了多久就要投降了。"谣言几天间就传遍了赵国都城邯郸。

22. 朝中与廉颇有怨隙的大臣纷纷向赵王报告。赵王本来就不满廉颇坚壁不战，以为他怯战而几次加以指责，现在听到谣言，就更信以为真，便派赵括为将，去长平接替廉颇。

23. 病重在家休养的上卿蔺相如得知此事，急忙赶入宫来见赵王说：“赵括此人只会死啃书本，而不知变通，不可用。”赵王不听。

24. 赵括临出发前，他的母亲也上呈谏书，说赵括不能为将。赵王召见赵母询问原因，赵母说：“赵奢在世时曾说，打仗是生死存亡的大事，而赵括把它看得太容易了。如果赵国要以他为将，必败无疑。”

25. 赵王笑道："这是赵奢谨慎吧？"赵母说："妾也以为括儿不能为将。昔日赵奢为将，与士兵同甘苦，遇事从不独断独行。而括儿平日目空一切，做了将军，更是骄气凌人，士吏不敢仰视。这是为将的大忌啊！"

26. 赵王说:“国内已没有比他更适合为将的了。我意已决，请不必再言。”赵母道:“大王既要派赵括为将，如有不幸的事发生，我家请免受连坐之罪。”赵王答应了她。

27. 赵括率领一部援兵到了长平。廉颇验过兵符，便办移交，然后怏怏离去。他深知赵括的为人，很为赵国的命运担忧。

28. 赵括新任大将，就自行其是，把廉颇制定的一套防御部署全部废除，积极准备进攻，企图一举击败秦军。

29. 秦昭王得到赵括接替廉颇的消息，大喜，暗中任命武安君白起为上将军，悄悄地去长平前线指挥作战，改命王龁为裨将，并且传令：敢有泄密者，立斩不赦。

30. 八月，赵括认为进攻准备就绪，贸然率军大规模地出击。

31. 白起知道赵括轻敌好胜，便采取了诱敌深入、包围歼灭的策略。秦军稍一接战，就佯败后退。

32. 赵括旗开得胜，不禁大喜，不察虚实，即率大军追击。

33. 接着一连数仗，秦军皆败。赵括更是得意扬扬，率军紧追不舍。有将上前劝谏道："秦兵如此易败，只恐其中有诈。"

34. 赵括不听，一直追杀到秦军大营壁垒前，下令全线进攻。秦军仗着深沟高垒进行阻击，赵军被阻于坚壁之下。

35. 此时，白起预先部署于两翼的奇兵二万五千人，插到赵军出击部队的后方，截断了它的退路。

36. 白起又另派五千名精兵紧逼赵军大本营，使得大营内的部队无法出营增援，并解除了二万五千名出击奇兵的后顾之忧。

37. 赵军前有坚壁，后有秦奇兵阻隔，粮道也被截断，陷入了重围之中。赵括几次组织突围，都被秦军击退。

38. 赵括被迫就地构筑营垒，坚守待援。

39. 秦军每日对着赵营喊话："你们中了武安君的计了，主帅有令，投降的一律免死！"赵括此时才知道白起在秦营指挥作战，恐惧万分，不知如何才好。

40. 秦王得知赵军被围、粮食缺乏的消息，亲到河内（今河南黄河以北地区），把当地十五岁以上的男子编组成军，开赴长平以北及其以东一带高地，以阻断赵国的援军和粮运。

41. 到九月，赵括军中已断粮四十六天，营内一切可吃的都吃得精光，已到了内部暗中相杀而食的境地。

42. 不得已，赵括将军队编为四队，轮番冲杀突围，企图打开一条血路，但均被秦军击退。

43. 赵括在绝望之余，亲率精兵，披上厚甲，强行突围。

44. 赵括刚出现在阵前，就被秦军乱箭射死。

45. 秦军乘势发动总攻，赵军四十万饥疲之师，全部解甲降秦。

46. 长平之战，秦国巧设奇谋，多次运用奇正变化，创造了我国古代战争史上大规模歼灭战的先例，大大加速了秦统一六国的步伐。

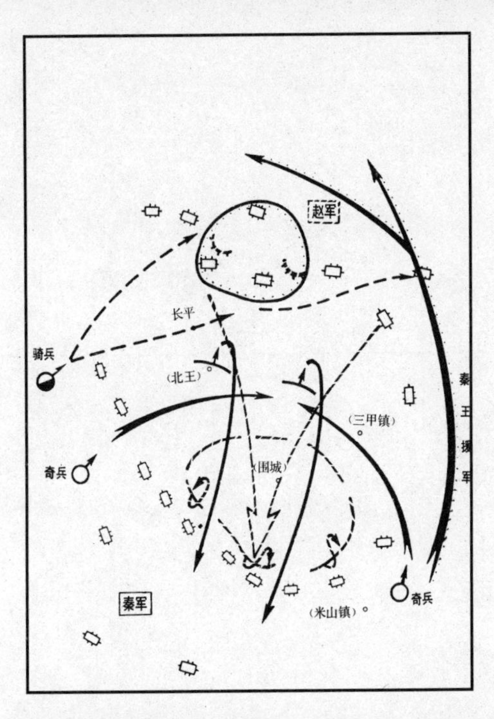


秦赵长平之战示意图

孙 子 兵 法
SUN ZI BING FA

战例

# 李靖疾扫吐谷浑

编文：杨坚康

绘画：张新国 沪　回

**原　文**　善战者，其势险，其节短。

**译　文**　善于指挥作战的人，他所造成的态势是险峻的，发出的节奏是短促的。

1. 贞观八年（公元634年），吐谷浑可汗伏允年老昏悖，在权臣天柱王的唆使下，多次兴兵侵入河西走廊，截断由长安通往西域的丝绸之路。

2. 吐谷浑还故意挑起事端，拘留唐朝使臣赵德楷。唐太宗李世民十余次遣使交涉，伏允都置之不理。

3. 吐谷浑使者来京，李世民亲自接见，晓以祸福，但伏允并无悔改之心，依旧不断骚扰边境。

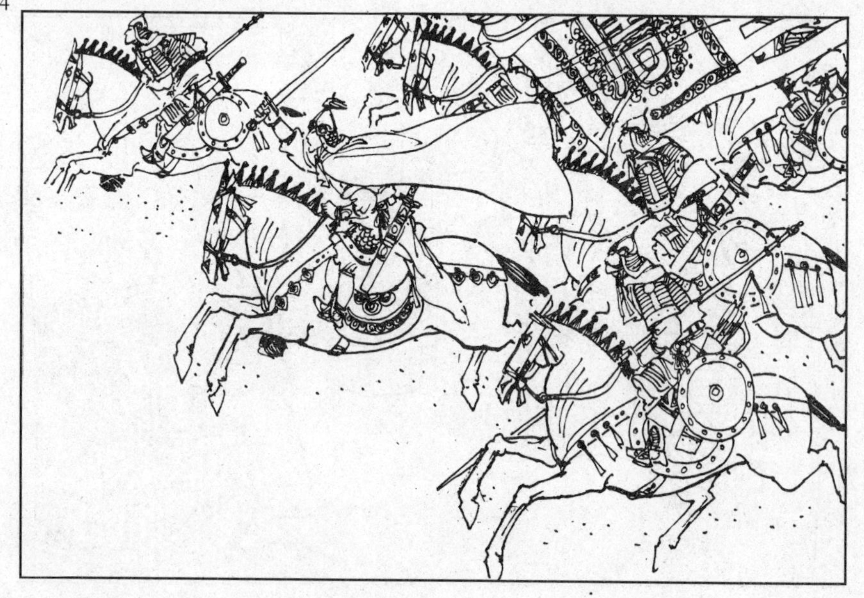

4．唐太宗忍无可忍，决心重新打通河西走廊。六月，派左骁卫大将军段志玄为西海道行军总管，率众西征。

5. 段志玄虽获得几次胜利，但入境不深，吐谷浑未受多大损失。吐谷浑是个游牧民族，大军一到就驱马携帐而逃，大军一走仍骚扰不止。

6. 唐太宗决心大举进攻吐谷浑，但西北地区地形险恶，气候变幻无常，再加路途遥远，粮运困难，要打好这一仗，非有智勇双全的统帅不可。唐太宗首先想到的是屡建奇功的名将李靖，然而，李靖已年逾花甲，患病在家。

7．李靖得知唐太宗的心意后，身着戎装，上殿请行。唐太宗见李靖虽满头银发，但雄姿不减当年，欣喜万分，当即任命他为西海道行军大总管，以任城王李道宗、兵部尚书侯君集为副，率领诸军西征吐谷浑。

8. 贞观九年（公元 635 年）闰四月，唐军到达鄯州（今青海乐都一带），伏允遂引军西逃。奉命先行的李道宗在库山（今青海天峻）追上伏允，吐谷浑军据险死战。

9. 李靖的作战方略是“连续作战，速战速决”。故在大军到达库山后，立刻分派千余骑越过库山，从背后袭击伏允。伏允前后受敌，大败西逃。

10. 伏允为阻止唐军追击，下令焚烧牧草丛生的草原，然后向砂碛中退却。

11. 唐军追了一程，不见一敌，只见满目焦土，赤地千里。

12. 唐军马匹因无野草可食，十分饥瘦。多数将领认为，马无食草无法远追，不如撤兵回鄯州，待马肥草生，再伺机进击。

13. 侯君集说:“不对，前时，段志玄军前脚刚到鄯州，敌军后脚已到城下，如今吐谷浑如鼠逃鸟散，取之甚易，现在不追，将来悔之不及。”

14．侯君集的意见，与李靖“长途奔袭，应连续作战，速战速决”的思想不谋而合。李靖于是下令兵分南北两路，深入敌境，钳击逃敌。

15. 李靖亲率北路军，势如破竹，一败吐谷浑于曼头山（今青海共和西南一带），再败敌军于牛心堆、赤水源（今青海海晏西北）。

16. 侯君集与李道宗率南路军穿越二千里的无人区。无水可汲，人吃冰，马啖雪，唐军千辛万苦继续前进。

17. 五月，到乌海（青海兴海西南苦海），才见吐谷浑营帐，唐军当即踹营杀入，伏允仓皇遁逃。

18. 唐军紧追不放，连战连捷，吐谷浑大多将士非死即降。伏允走投无路，窜入沙漠，打算逃亡于阗（今新疆和田）。

19. 李靖获报，决计深入穷追。茫茫沙漠不见一点水，将士唇焦舌干，只好刺出马血，吮吸解渴。

20. 一日傍晚，唐军在突伦川附近，追上了正准备安营过夜的伏允。将士奋勇杀入，斩杀千余，缴获杂畜二十余万头。伏允子慕容顺被迫率众投降。

21. 伏允吓得魂不附体，率亲信数十骑逃向沙漠深处。十余日后，部众散尽，伏允自杀身死。

22. 李靖仅用两个月的时间，深入大漠数千里，胜利地结束了对吐谷浑的战争，打通了河西走廊，使通往西域的“丝绸之路”重新畅通无阻。